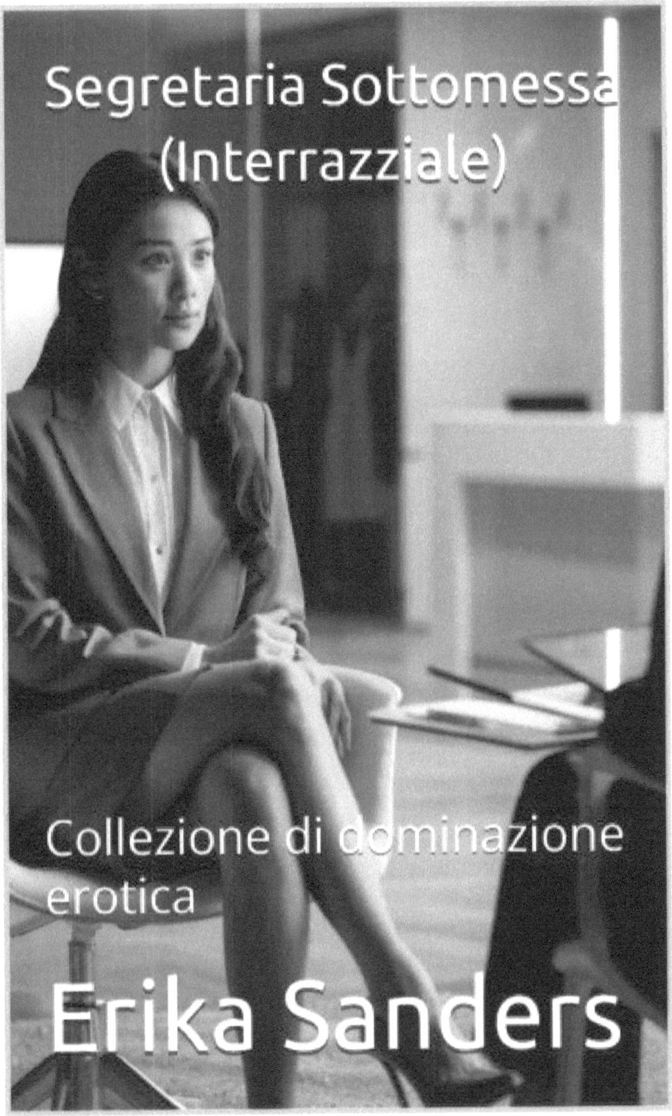

Segretaria Sottomessa (Interrazziale)

Collezione di dominazione erotica

Erika Sanders

ERIKA SANDERS

Segretaria Sottomessa
(Interrazziale)

Erika Sanders
Serie
Collezione di dominazione erotica

Sinossi

Gloria è una giovane afro che cerca con urgenza un lavoro per poter lasciare la casa dei suoi genitori e pagare ciò di cui ha bisogno.

Mr. Anderson sta cercando una segretaria che soddisfi i suoi requisiti unici ed esigenti.

Può Gloria accettare le richieste del signor Anderson ed essere una brava segretaria ...?

Segretaria Sottomessa è un romanzo con un forte contenuto di BDSM erotico e, a sua volta, un nuovo romanzo appartenente alla collezione di Dominazione Erotica, una serie di romanzi con un alto contenuto di BDSM romantico ed erotico.

(Tutti i personaggi hanno 18 anni o più)

Nota sull'autrice

Erika Sanders è una nota scrittrice internazionale, tradotta in più di venti lingue, che firma i suoi scritti più erotici, lontani dalla sua prosa abituale, con il suo nome da nubile.

Indice:

SEGRETARIA SOTTOMESSA
(INTERRAZZIALE)
ERIKA SANDERS

CAPITOLO 1

Era emozionante vedere la giovane aspirante segretaria nera seduta davanti alla mia scrivania, soprattutto sapendo cosa sapevo di lei.

I vestiti che indossava erano di poliestere a buon mercato da uno di quei discount.

Era lo stesso che indossava nella sua prima intervista, tranne per il fatto che aveva una maglietta diversa.

Aveva un bel paio di tette e sembrava molto dolce, molto innocente.

Sedeva discretamente a gambe incrociate, le nocche scure, ma un po 'biancastre, erano visibili dalle mani giunte e dal piede che oscillava nervosamente.

Ogni volta che allargava le mani, era per inserire un piercing sciolto che sembrava non rimanere mai al suo posto dietro l'orecchio.

Si è guardato intorno nel mio ufficio per capire tutto, ma raramente si è fermato a guardarmi negli occhi.

Ero chiaramente nervoso.

E aveva tutto il diritto di esserlo.

CAPITOLO 2

"Gloria, penso di essere pronto a offrirti un'offerta di lavoro, ma c'è un'irregolarità nella tua domanda che dobbiamo prima discutere", ho detto.

I suoi occhi verdi si spalancarono come piattini e si mossero da una parte all'altra ancora più nervosi.

Lei deglutì.

"Oh, cos'è quello?"

"Be', vedi" gli ho detto. "Ho notato che ci sono alcune, le chiameremo irregolarità, che non hai menzionato nella tua domanda di lavoro. Ad esempio, la domanda sulla seconda pagina se sei mai stato condannato per un crimine a cui hai risposto diceva no. Tuttavia, Quando ho fatto un controllo dei precedenti, è emerso che sei stato condannato per taccheggio. Cosa hai fatto? Pensi che non avrei controllato? "

Ha provato senza successo a trattenere le lacrime.

"Per favore," disse. "Ho cercato di essere onesto prima. Ma non ottengo nemmeno un colloquio quando lo vedono. Stavo attraversando un momento difficile nella mia vita e ho ricevuto consulenza per lui ...".

"Furto", l'ho pungolata.

Le sue guance diventarono cremisi.

"Sì. E non succederà mai più."

Scosse la testa come per dire, no, non come, non io.

Adesso stava quasi piagnucolando, un gesto emotivo, che era carino.

Trovo che le donne siano molto più facili da trattare dopo che hanno pianto bene.

Essendo il gentiluomo che sono, ho aperto il mio cassetto e gli ho dato una scatola di fazzoletti.

"Grazie," disse, asciugandosi il naso e le guance.

"Questo va bene", ho detto. "Tu ed io parliamo così ... tirando fuori tutta la merda. Perché è quello che succederà da qui in poi: totale onestà. Pensi di poterlo fare? Sii completamente onesto?"

"Sì." Le lacrime si stavano già asciugando.

Era ancora carina anche con il trucco in esecuzione.

"Da quanto tempo cerchi lavoro?"

"Due anni."

"Come fai a sbarcare il lunario? Fidanzato o genitori?"

"I genitori".

"È l'unico abbigliamento professionale adeguato che hai?"

"Sì..." Abbassò lo sguardo e si strofinò la mano sul tessuto lucido come per farlo scomparire. "Scusate."

"Non c'è niente di cui pentirsi", ho detto. "Senti, sarò onesto con te. La situazione è contro di te. Qualcun altro può entrare qui e con molto meno di quello che hai nel questionario, ottenere molto di più di quanto potresti mai ottenere, se capisci cosa intendo. Io, ad esempio. Non sono molto alto ed ero quasi calvo al liceo. Pensi che non dovessi graffiare, gomitare e inciampare in questa situazione? Lascia che te lo dica. Ho dovuto lavorare cinque volte di più di quanto avrei dovuto se avessi era più alto e aveva un aspetto più dirigenziale. Era forte la tentazione di arrendersi così tante volte, ma avevo un obiettivo in mente ".

I suoi occhi stupiti.

Il piagnucolio e forse il mio discorso probabilmente la fecero sentire piuttosto positiva a questo punto.

E avrebbe avuto bisogno di tutta la positività che poteva sopportare.

"Allora Gloria, lascia che ti faccia una domanda. Sei disposta ad avere un obiettivo in mente?"

"Si signore."

Ha gonfiato il petto con orgoglio, permettendomi di dare una bella occhiata al suo succulento seno avorio.

"Sì, lo sono", concluse.

"Bene. Hai delle cose fantastiche per te che non ho mai avuto. Per prima cosa, hai grandi occhi verdi e un paio di labbra sexy. Labbra che ... beh, onestamente, labbra che gli uomini chiamano labbra. sono fatti per succhiare ".

I grandi occhi verdi mostravano di nuovo stupore, ma erano comunque belli.

Le labbra, le labbra mi rendevano ancora più duro, come una roccia.

Prese il suo portafoglio di pelle dalla mia scrivania e si alzò.

"Mettilo giù, Gloria, e resta al tuo posto. Stiamo parlando onestamente qui, no? Due adulti. Io e te. Ora rispondimi a una domanda. Hai mai fatto un pompino prima?"

"Sì, ma quello era-era-era con il mio ragazzo."

"E probabilmente aveva un aspetto molto migliore di me. Beh, ho assunto ragazze prima. Ragazze che avevano una valutazione migliore. Ragazze che non avevano precedenti. Ragazze che non hanno rubato nulla. Vedi dove sto andando qui?

Si sedette di nuovo, stringendo disperatamente il portafoglio.

"Si signore."

"Bene. Quindi non siamo più innocenti qui, né come te con me. Tu ed io non siamo così diversi. Ora mi capisci?"

"No," riuscì a pronunciare.

"Puoi dirmi cosa c'è che non va? Sono pulito. Non ho malattie. Non mi aspetto il sesso. Solo un po 'di miele per i miei occhi che mi ecciterà e un pompino veloce ... e basta."

Beh, non ero completamente onesto qui.

Mi aspetterei pompini, molti e fatti bene, anche professionalmente.

E piacere per gli occhi.

Intendiamoci, è una buona delizia per gli occhi.

Stava guardando di lato.

Stavo pensando a cosa era buono.

"Niente sesso?" lei chiese.

"Esatto. Niente sesso. Solo un pompino veloce, proprio come il presidente degli Stati Uniti. Il sesso è comunque sopravvalutato. Io preferisco i pompini. Con il sesso devi preoccuparti dei preliminari e dell'intera carriera. . Con il sesso, devi preoccuparti di baciare, amare e abbracciare in seguito. Con i pompini le cose sono molto più semplici. I pompini sono solo per piacere. I pompini ti permettono di mantenere il tuo potere. Puoi ricevere un pompino quasi ovunque e lo Soprattutto, non ho mai fatto un brutto pompino.

Continuava a pensare, ma non aveva detto di no.

Aveva solo bisogno che lui lo vendesse bene.

E sono bravo a vendere cose.

"Guarda, pensalo come un trampolino di lancio. Questo ti farà uscire dalla casa dei tuoi genitori e uscire da solo. Avrai anche un lavoro e sai cosa si dice. È più facile trovare un altro lavoro quando hai un lavoro."

Sbatté le palpebre l'ultima lacrima e guardò il mio inguine.

"Davvero mi darai il lavoro?"

Volevo sorridere.

Volevo ridere.

Stava comprando l'intero lotto.

Ho fatto del mio meglio per contenere le mie emozioni.

"Te l'avevo detto, no?"

"Va bene ... va bene, lo farò."

"Bene. Perché non chiudi la porta e lo fai?"

"Adesso?" chiese incredula.

"Esatto. Non siamo amici. Non siamo amanti. Questa è solo una relazione d'affari. Cosa pensi che farò, credi in parola a un ladro condannato?"

"Ma ci sono persone là fuori."

"E la porta sarà chiusa", gli ho detto. "Guarda, prendi le tue cose e vai o alzati e chiudi la porta."

Si alzò, chiuse la porta e rimase lì sbalordita.

Gesù, non sarebbe stato così difficile di quanto pensassi.

CAPITOLO 3

"Ora vieni qui. Questa è la mia ragazza. Nah, non sederti. Fammi prima un piccolo spettacolo ... un po 'di piacere per gli occhi per mettermi dell'umore giusto."

Era già duro come una roccia, ma voleva che lei lavorasse per questo.

"Non capisco."

Ha capito molto bene.

Aveva solo bisogno di essere informato, voleva che fosse una mia idea.

"Sai, un piccolo spogliarello. Niente di speciale. Un piccolo spettacolo, niente di complicato, un lampo di mutandine e mostrami le tue tette. Mettimi dell'umore giusto, ragazza. Altrimenti, sarai lì tutto il giorno."

Ha fatto un patetico tentativo di mostrare una coscia e un ombelico.

La mia erezione stava svanendo.

"Guarda, è meglio che inizi a prenderlo sul serio. Potrei iniziare con ventimila o trentamila," dissi. "Pensaci."

Questo ha fatto la differenza.

Non era brava, ma col tempo avrebbe imparato.

Ne sapeva abbastanza per muovere i fianchi e strofinare le mani sul corpo.

Mi ha fatto intravedere le sue mutandine di cotone bianco.

Ho fatto una smorfia.

Lei arrossì.

"Quelle mutandine dovranno sparire. Non ora, ma d'ora in poi ti verrà chiesto di indossare qualcosa di molto più sexy."

Lentamente si sbottonò la camicetta.

"Da dove prendi la tua biancheria intima, dai saldi? No, non rispondere a questo. Dai, toglila. Potresti anche comprare qualcosa che puoi sganciare dal davanti, perché ho intenzione di vedere le tue tette ogni volta che mi ecciti."

Si tolse la camicetta e la posò con cura sul tavolo.

Poi si tolse le spalline del reggiseno e cercò timidamente di girarsi.

"Non tornare indietro" ho detto "voglio vederti bene".

Ha attorcigliato il reggiseno e ha sganciato la fibbia.

I suoi seni erano grandi con areole paffute e irregolari e capezzoli lunghi e appuntiti.

Mmmm, i miei preferiti.

Se fosse stata la mia ragazza, li avrebbe baciati.

Ma le cose stanno com'erano, quindi perché preoccuparsi di pensarci?

Mi appoggiai allo schienale e aprii le gambe.

"Tira fuori il mio cazzo."

Mi ha tirato fuori il cazzo dai pantaloni e lo ha tenuto in mano, pompandolo lentamente.

"Conosci la differenza tra un pompino e una sega, vero Gloria?"

Guardò il cazzo che aveva in mano e annuì.

"Bacialo su e giù. È una ragazza. Guardami mentre lo faccio così posso vedere quei begli occhi verdi."

Alzò lo sguardo in attesa tra le mie gambe.

Era perfetta.

Sapevo che non sarei stato in grado di trattenermi a lungo con lei che me lo faceva.

"Ora succhialo. Copriti i denti con le tue labbra carnose, sì, quelle labbra che succhiano. Mmmmm ... oh sì. Sei stato fatto per succhiare cazzi, lo sai? Ora quello che voglio che tu faccia è ogni tanto mentre lo fai, te lo togli dalla bocca e apri le labbra e baciami la testa".

Ha fatto quello che le avevo chiesto, ma non era l'effetto che stavo cercando.

"No, non così." Ho sollevato il mio cazzo e l'ho guidato sotto il suo collo, poi ho inclinato il suo viso verso l'alto. "Pucker quelle labbra carnose e aprire un po 'la bocca."

Lo ha fatto.

La testa del mio cazzo era ora incorniciata dalle labbra rugose del rossetto.

È stato perfetto.

"È bellissimo, ora voglio vederlo sporgere dalla tua mascella. Merda, no, non così. Lascia che ti aiuti."

Le ho girato la testa in modo che la sua mascella sporgesse dal mio cazzo.

Le sue labbra spesse erano avvolte intorno al mio membro.

Dio, era così fottutamente sexy.

"Guardami, Gloria."

Mi guardò con quei grandi occhi verdi, mentre leccava la parte inferiore del mio membro con la sua lingua vellutata.

"Cazzo, sei sexy. Scommetto che il tuo ragazzo vuole che tu glielo faccia così tutto il tempo," gli dissi, facendogli arrossare le guance. "Andiamo piccola, sono pronta a venire adesso. Succhiami. Succhiami forte e veloce e prendimi a coppa le palle."

È scesa su di me, scopandomi con la sua bocca calda.

Era ovvio che l'aveva fatto prima, e molte volte, ed era caduto in un ritmo.

Tuttavia, voleva che fosse il suo solito compito.

Stava per farla diventare la regina dei pompini prima che ottenesse un altro lavoro.

"Più veloce, Gloria, più veloce," la sollecitai, tenendo i suoi capelli fuori dalla mia vista in modo da poterla vedere in azione. "Succhia, succhia, succhia, non ti sento succhiare."

La sua bocca succhiava e gocciolava, mentre accelerava e abbassava il mio cazzo.

Ho sentito lo sperma salire.

Gli ho quasi detto "aspetta, smettila, vengo". Potete crederci? Ero così abituato a decollare prima ... Beh, ricambiando che quasi dimenticavo di non doverlo fare.

"Ugh, ugh, dolce figlio di puttana. Sono pronto. Sono così fottutamente pronto. Non osare smettere di succhiare," la avverti mentre mi appoggiavo allo schienale e stringevo saldamente i braccioli.

Cazzo, sarebbe stato fantastico.

Ho sentito il mio cazzo gonfiarsi e diventare ancora più forte.

Il mio seme è uscito.

Dannazione, mi ha fatto venire come se fossi un adolescente.

Le mie palle si svuotarono, pompando il mio succo caldo nella sua bocca.

Emise un suono sgradevole, ma continuò a succhiare diligentemente.

Ho tirato il mio cazzo fuori dalla sua bocca delicatamente.

Le sue labbra erano chiuse e un po 'del mio sperma filtrava tra le sue labbra increspate.

"Apri la bocca così posso vederlo." Disse.

La sua faccia era arrossata di un brillante cremisi e gli occhi le si fecero acquosi.

Chiaramente non voleva, ma alla fine chiuse gli occhi e aprì la bocca.

"Fammi vedere la tua lingua. Wow, di sicuro ti ho dato un bel carico, no? Non vengo così da molto tempo," dissi. "Dai, sai dove sta andando adesso. Attraverso il portello."

Fece una smorfia, indossò la faccina più carina che abbia mai visto e la ingoiò.

CAPITOLO 4

"Sei un tesoro meraviglioso. Ora puliscimi il cazzo e poi rimettilo nei miei pantaloni. Dopo, puoi pulirti da solo."

Ha obbedito in silenzio, evitando i miei occhi per tutto il tempo, come se fosse un'estranea, il che per me andava bene.

"Puoi iniziare domani?" Ho chiesto.

"Sì, signore," quasi strillò.

"Bene," dissi, tirando fuori il portafoglio. "Ti do la mia carta di credito e voglio che tu vada a comprarti dei vestiti sexy. Per sexy intendo stretti, corti e magri e no, ripeto, non comprarli nei discount. Mutandine e reggiseni nuovi con le stesse specifiche. Non mi interessa cosa indossano le altre donne qui intorno, indosserai calze e tacchi al lavoro, tutti i giorni. Se devo guardarti per otto ore al giorno, mi aspetto di vedere qualcosa di interessante in vista. Okay? "

Lei annuì, prendendo la mia carta di credito.

"Sorridi tesoro, mi aspetto sorrisi e un atteggiamento amichevole se vai a lavorare qui", ho detto. "E un grazie per la posizione sarebbe carino."

Il suo viso si illuminò momentaneamente di un sorriso.

"Grazie", ha detto.

"Conserva le ricevute. Mi pagherai in tempo."

Dio, è stato bello essere me.

Sono devoto a una bella ragazza ...

CAPITOLO 5

Due anni dopo...

Gloria entrò nell'ufficio e chiuse a chiave la porta.

Era quasi irriconoscibile per come fosse arrivata qui il primo giorno.

I suoi capelli erano una massa di ciocche scure di platino.

La sua biancheria intima era stata selezionata dal catalogo di Victoria's Secret dove insistevo perché comprasse anche tutti i suoi vestiti da ufficio.

Oggi indossava una gonna a righe che le abbracciava i fianchi e si spaccava fino alla coscia.

Sotto la sua giacca sportiva attillata, la sua camicetta bianca era sbottonata appena al centro del petto, rivelando un reggiseno di pizzo e il suo seno rotondo e sodo.

Non era solo la mia segretaria, era diventata la fantasia della segretaria perfetta per qualsiasi uomo.

Portava una borsa sulla spalla che mise sulla mia scrivania.

"Sei particolarmente sexy oggi, Gloria. Stai cercando di ottenere punti extra per la tua valutazione annuale?" Gli ho chiesto. "Beh, posso essere influenzato all'ultimo minuto se capisci cosa intendo. Quindi dammi uno spettacolo speciale oggi. E farai meglio a metterci tutto il tuo impegno."

A volte posso essere un vero bastardo, giusto?

La verità era che aveva già scritto la sua valutazione ed era molto buona.

Il meglio che ho osato dargli.

Gloria mi ha fatto un sorriso speciale quando ha messo la mano sulla scrivania, i suoi seni giovani e sodi penzolavano in basso sulla sua parte superiore, e ha acceso la radio molto bassa.

Poi è tornato alla porta, beh, era più come pavoneggiarsi: un piede lo ha spostato dentro l'altro, facendo oscillare i fianchi, lavorando quel culo stretto e sottile proprio come piaceva a me.

Quando raggiunse la porta, si raccolse i lunghi capelli scuri platino sopra la testa, si voltò e si ficcò in bocca la tempia degli occhiali.

Gli occhiali sono stati una mia idea, ovviamente.

C'è qualcosa in una ragazza sexy con gli occhiali che mi rende duro in un minuto, ed ero già duro.

"Signor Anderson," disse. "Hai già visto il mio nuovo reggiseno? È davvero sexy. Ti piacerebbe vederlo?"

"Certo," ho detto. "Mi piacerebbe molto."

"Non lo so," disse, le sue dita già slacciavano i bottoni della camicetta. "È come il mio capo e tutto il resto. Non so se andrebbe bene."

"Ma ti piace metterti in mostra con il tuo capo, vero? Il modo in cui ti vesti ogni giorno, mettendo in mostra il tuo corpo. Credi che non sappia cosa stai cercando di sedurmi? Pensi che tutti in ufficio non lo sappiano? "

Non potevo farla arrossire come una volta.

Era l'unico uomo in un ufficio pieno di donne.

E quando Gloria si presentò per il suo primo giorno di lavoro con indosso i suoi abiti attillati e i tacchi alti, in ufficio cadde il silenzio mentre tutte le altre donne si fermavano e la guardavano, sapendo all'istante come la nuova segretaria aveva ottenuto il suo lavoro e come intendeva. tienilo.

Oh, come Gloria arrossì al calore dei loro sguardi.

Ero in ginocchio nel mio ufficio in pochi minuti.

Gloria sedeva sul bordo della mia scrivania con le sue lunghe gambe incrociate.

La sua gonna si alzò mostrando la parte superiore delle calze e il braccialetto alla caviglia.

Si aprì la camicetta, rivelando il reggiseno.

Era quasi trasparente: potevo facilmente vedere il contorno del suo capezzolo rosa attraverso il tessuto.

"Pensi che sia carino?" lei chiese.

"Non riesco ancora a vedere molto da dire."

Si tolse la camicetta e fece oscillare il corpo al ritmo della musica.

"Lo vede bene adesso, signor Anderson?"

"Finora sembra buono, Gloria," le ho detto. "Ma mi chiedevo. Indossi mutandine intonate?"

"Come hai indovinato?"

Ma sai, per quanto fosse divertente giocare all'innocente gioco capo-segretario, non era quello che volevo oggi.

CAPITOLO 6

"Gloria, e se interrompessimo questa performance innocente e tu saltassi sulla scrivania. Voglio che tu sia cattiva oggi. Voglio che mi butti quella merda in faccia", ho detto. "Oh, e non dimenticare di toglierti i tacchi. Ho ancora dei graffi dall'ultima volta.

Alla fine arrossì un po'.

Le piaceva interpretare l'innocente o anche la seduttrice, ma mai la spogliarellista.

Fortunatamente per me, non l'ho pagato perché gli piaceva il suo lavoro.

Sorridendo, l'ho vista togliersi i tacchi e poi l'ho aiutata a salire sulla scrivania.

Senti, anch'io posso essere gentile.

Indossava calze e non voleva che scivolasse cercando di salire sulla scrivania.

Ho messo la radio su qualcosa di un po' più carino, dell'hard rock ...

Quanto appropriato.

Ha ballato, per me, muovendo il suo corpo sulla mia scrivania.

Si staccò e si tolse le spalline dal reggiseno.

Quando si voltò, si tenne il reggiseno a coppa contro il seno, spingendolo via in modo seducente.

I suoi seni ben fatti penzolavano come frutta fresca, desiderosi del raccolto.

"Andiamo, Gloria," la esortai. "Per me funziona. Sai come mi piace."

Dovrebbe saperlo ormai dopo due anni.

L'ho portata nei bar dopo il lavoro, così ha potuto vedere come facevano i professionisti.

Successivamente, l'ho aiutato nella sua pratica e gli ho dato i miei suggerimenti su come migliorarla.

Si accovacciò e serrò i fianchi, lavorando la sua figa proprio davanti al mio viso, proprio come piaceva a me.

La piccola fascia di stoffa che era le sue mutandine, scivolò tra le pieghe delle sue labbra della figa.

Dio, lei era una dea e io ero il capo più fortunato del mondo.

"Cazzo, sembra che la tua figa stia cercando di mangiarti le mutandine," gli ho detto. "Dai, fammi vedere. Tutto."

Si è alzata e ha agganciato i pollici alla cintura delle mutandine.

Voltandosi, li abbassò un po 'e si chinò davanti a me per mostrarmi il suo piccolo ano.

Poi di nuovo in primo piano, finché non ho potuto distinguere la debole traccia della figa nuda.

"Dannazione, sono duro come una roccia." Disse. "Lascia che me li tolga così posso vedere quella tua piccola fica."

Si mise a sedere e mi mise in grembo i piedi ricoperti di calze.

Mentre lavoravo per rimuoverla dalle sue mutandine, mi ha massaggiato il cazzo attraverso i pantaloni con i suoi piedi.

La figa di Gloria sembrava così attraente.

Le sue labbra bagnate e rasate si aprirono, mostrando la sua eccitazione.

Sopra di loro c'era un piccolo triangolo di capelli lungo due pollici e largo un pollice.

La stessa dimensione del suo triangolo pubico faceva parte delle sue regole di lavoro non scritte, così come l'anello dell'ombelico che le brillava sullo stomaco.

"Allarga quelle gambe, piccola," esorto. "Voglio anche vedere l'interno."

Un piccolo sussulto le sfuggì dalle labbra, mentre allargava le gambe e sollevava i fianchi.

La sua figa, così bagnata e accogliente.

Pensava di non averlo ancora rovinato?

Per quanto incredibile possa sembrare, era vero.

Ha ricevuto il mio pompino ogni giorno e talvolta due volte al giorno, ma non sono mai entrato nella sua figa.

A giudicare da alcuni dei suoi sguardi delusi e dal suo stato evidentemente eccitato, avrei potuto entrare in lui molte volte se avessi voluto.

Ma ammettiamolo.

Faceva pompini ogni volta che voleva e una relazione totalmente semplice.

L'ultima cosa che voleva fare era rovinare tutto e rovinarlo.

"Girati," gli ho detto. "Voglio fotterti la bocca."

I suoi occhi implorarono: "Per favore, possiamo fare qualcos'altro?"

Ma lei obbedientemente si voltò, appoggiò la testa all'indietro oltre il bordo della scrivania e i suoi capelli mi caddero in grembo.

I suoi grandi occhi verdi erano grandi e imploranti: "Non farlo oggi".

Ma dopotutto era il suo giorno di valutazione annuale e non aveva intenzione di renderlo più facile.

Ecco perché volevo scoparle la bocca; qualcosa che teneva come punizione.

Oh, lo so, preferirebbe mettersi in ginocchio e farmi del bene e mi farebbe alla grande.

Era un'esperta in sbattimento della lingua, succhiamento di palle, bacio breve, massaggio con la lingua, presa in giro uretrale, pugno contorto.

Come ho detto prima, era il capo più fortunato del mondo.

Mi alzai e mi tirai giù i pantaloni e i boxer fino alle ginocchia.

Ha aperto la bocca e ha fatto del suo meglio per livellare la gola mentre spingeva sul mio cazzo.

"Allarga la tua figa per me," ho ordinato. "Voglio vedere quella figa bagnata mentre ti scopo la bocca."

Lei ringhiò e il soffio di aria calda solleticò le mie palle mentre separava obbedientemente le labbra dalla sua figa.

Ero in paradiso.

Ho spinto la sua bocca in un colpo solo finché il mio pube non ha colpito il suo mento.

Poteva sentire la sua nausea involontaria per l'intrusione.

Oh come lo odiava.

Non tanto perché era scomodo, ma perché non riusciva a parlare bene quando ha finito e ha anche causato strisce rosse su entrambi i lati del rossetto.

Era imbarazzante per lei e ha fatto del suo meglio per evitare altre persone quando tutto era finito.

E anche se era molto brava, essendo il bastardo che sono, di solito chiamava una delle altre ragazze che lavoravano con lei per chiederle un rapporto quando aveva finito.

Solo a pensarci mi faceva ribollire lo sperma nelle palle.

Cazzo, ho pensato alla partita di basket che ho visto la sera prima, lavorando su tutti i beni, pensando a qualcos'altro, per evitare di arrivare troppo presto.

Volevo assaporare il momento.

Quando ho ripreso il controllo, ho ripreso il ritmo.

Il suo respiro stava diventando più difficile.

Gloria stava ancora tenendo le labbra della sua figa aperte, ma ora un dito stava ballando sul suo clitoride in piccoli cerchi.

"Sai come farlo meglio", gli ho detto. "Gioca un po 'con i tuoi capezzoli."

Siamo stati qui per il mio piacere, non per lei.

Ho sentito il suo ringhio arrabbiato vibrare contro il mio cazzo.

Le sue lunghe unghie dipinte di rosso si mossero verso l'alto, si affusolavano e le tiravano i capezzoli.

Merda!

Ho dovuto pensare alla prestazione arbitrale più incasinata della partita di ieri solo per riprendere il controllo della mia mente.

L'ho preso più velocemente.

La sua gola era stretta intorno al mio cazzo.

Il suo respiro si bloccò.

Cazzo, cazzo.

Ho provato di nuovo a pensare alla partita di basket, ma non ci riuscivo più.

Cazzo, stavo per venire senza rimedio.

Ma poi, prima che potessi farlo, ha afferrato il mio cazzo, lo ha tirato fuori dalla sua bocca e si è seduta.

"Che cazzo!" Ho quasi gridato, dimenticando momentaneamente dove eravamo.

Ha tossito, si è asciugata la saliva dalle labbra e mi ha puntato un dito in faccia.

"Non posso più farlo," disse, con la voce roca, roca per la mia devastazione in gola.

"Di?" Sono rimasto sbalordito "Hai un'altra offerta di lavoro? Ti sei trasferito con un idiota?"

"No," ha detto. "Senti, so che mi hai dato cattive referenze su me stesso ... e pensi che non sappia come mi sembra sempre di avere gli straordinari quando esco con qualcuno. O come ti presenti a casa mia all'improvviso per controllare se sono con qualcuno. Che tipo di cose strane solo per assicurarsi che non trovi una via d'uscita dal nostro accordo? "

"Guarda" merda, ero duro e dovevo venire. L'ultima cosa che io e il signor Polla volevamo era una discussione. "So che a volte posso essere uno stronzo, ma mi sono preso cura di te, no? Ho corso un rischio quando nessun altro lo avrebbe fatto. Tu sei una delle segretarie più pagate qui, ma la meglio pagata. E il giorno della segretaria, che sempre hai i migliori regali?

"Non me ne frega niente", ha detto. Dio, era davvero pazza. "Questo accordo fa già schifo. E dovremo risolverlo con qualcos'altro."

Voleva sorridere al suo gioco di parole involontario, ma lei non sembrava essere di ottimo umore.

Quello di cui sono sicuro è che voleva tenerlo.

Non era una cattiva segretaria ed era incredibilmente attraente, per non parlare delle sue abilità orali che erano cresciute notevolmente.

Soprattutto, il signor Polla non voleva che mi perdessi la cosa migliore che gli era successa da quando ho scoperto la masturbazione da adolescente.

"E altro vuoi?" Gli ho chiesto.

Mi aspettavo che mi affrontasse.

Discutendomi per un pompino alla settimana.

Prenditi un po 'di tempo libero.

Fammi promettere di darti delle buone referenze.

Invece, sono rimasto sorpreso quando si è sporta sul tavolo, ha allargato quelle gambe lunghe e belle e si è resa disponibile per me.

CAPITOLO 7

Era ovvio quello che voleva, ma ero ancora un po 'arrabbiato per il modo in cui mi aveva commentato la situazione.

Non faceva male che fosse di nuovo in controllo della situazione.

Quindi, invece di scoparla come un nuovo terreno, ho stuzzicato il suo buco caldo con la testa del mio cazzo.

Ha cercato di barcollare contro di me, ma mi sono tirato indietro e ho ripreso a stuzzicarmi.

"Gloria," ho detto. "Non sono sicuro di quello che vuoi. Perché non me lo dici?"

Ha provato di nuovo a spingersi contro di me.

Di nuovo era ovvio quello che voleva, ma voleva sentirlo dirlo.

Grugnì, gemette e inarcò la schiena.

Dio, era così fottutamente sexy.

Tuttavia, negli ultimi due anni avevo succhiato almeno una o due volte ogni giorno lavorativo.

Mi sentivo come se fossi in una posizione di forza molto migliore di lei.

E infine, si è dimostrato corretto.

"Non mi interessano quelle cose, ho solo bisogno di te dentro," ansimò. "Ho bisogno di te dentro di me. Ho bisogno che tu mi 'fotti'. Cazzo, ho così tanto bisogno di te nella mia figa. Per favore, ti sto supplicando. Uffa, sono ... oh, Dio, sono così disperato."

Quella era musica per le mie orecchie.

"Eri alla disperata ricerca di un lavoro, e ora hai un disperato bisogno di farti scopare," le ho detto, stuzzicandole ancora la figa. "Personalmente, mi piace il nostro accordo attuale. Ma hai una fighetta calda laggiù. Ti dispiace se lo prendo come prova del tuo impegno a lavorare?"

"Yesiiiii!" gemette, mentre la schiaffeggiavo e le infilavo il mio cazzo duro dentro. "Oh sì, è tutto, fottimi. Fottimi forte."

"Zitto," sibilai.

Gloria si leccò un paio di dita per attutire le sue urla mentre acceleravo.

Dio, aveva caldo e oh quanto era bagnata!

Il mio cazzo brillava per il suo abbondante latte.

Non passò molto tempo prima che mi rendessi conto che stavo per scoppiare dentro di lei e non ero ancora pronto.

Così mi sono ritirato e ho iniziato a prenderla in giro ancora una volta.

Si è lamentata per lo sgomento e ha cercato di fare marcia indietro e impalarsi sul mio cazzo.

CAPITOLO 8

"Hmm, è stato un bene", gli ho detto. "Ma ti rendi conto che mettendo in gioco la tua fica, per così dire, metti tutto dentro. . . "Ho spinto il mio cazzo nel mezzo della sua figa stretta, mi sono fermato, poi l'ho tirata fuori completamente." E dico sul serio. "Ho spostato il mio cazzo di circa mezzo pollice verso l'alto e ho spinto contro l'ano stretto e arricciato sul suo culo." Che ne dici di giocare con la parte meridionale? Capisci quello che sto dicendo? Voglio assaggiare il tuo culo per un po 'adesso. . . Vediamo quale buco mi piace di più ".

Gloria non si staccò.

Invece, ha spinto contro di me.

"Ummm, solo ummm, oh, Dio, per favore non farmi del male," gemette.

"Non dovrebbe far troppo male per quanto sei lubrificata," la rassicurai. "Cerca solo di rilassarti." E poi ho spinto nel suo ano stretto.

"Oh Dio. Oh Dio," ansimò, sforzandosi di ritirarsi, ma la mia scrivania la trattenne.

"Tienilo giù," sibilai.

Cazzo, cosa stava cercando di fare per prenderci?

Da parte mia, ho rallentato e mi sono fermato quando era con il mio cazzo mezzo nascosto nel culo.

Devo dirti che è stato un puro piacere.

Stretto?

Stretto, non inizia nemmeno a descrivere quello che ho sentito quando era sul suo sedere.

Era come avere il mio cazzo munto da un guanto di velluto affamato.

L'ho preso un paio di volte, molto lentamente.

Rallenta e rallenta.

Mettendolo solo a metà ogni volta.

Vorrei aver fatto di più, ma Gloria faceva troppo rumore, anche con tre dita serrate in bocca.

Sii paziente, mi sono detto.

"Hai un culetto caldo, Gloria," ho detto, tirando fuori il suo cazzo. "Dovrò farlo di nuovo. Sì, ovviamente."

Il suo sedere era così carino e il suo ano era gonfio e rosso.

L'ho toccato con il dito, facendola sussultare, solo per divertimento.

Poi, mi sono spostato intorno alla scrivania e gli ho tolto le dita dalla bocca.

Sapeva quello che voleva, ma girò la testa di lato, cercando di evitarlo.

"Andiamo Gloria," ho detto. "Per tutti i buchi, piccola. In quale altro modo potrò sapere quale buco mi piace di più? Inoltre, dovrò venire qui prima di tornare dove vuoi che lo metta. Capisci cosa intendo, giusto?"

Ha esaminato il mio cazzo con uno sguardo di disgusto, ma alla fine lo voleva nella sua figa più di quanto non volesse succhiarlo.

Con riluttanza, aprì la bocca e la prese.

Le ho tenuto la bocca per alcuni minuti, poi mi sono tirata indietro e sono tornata dall'altra parte del tavolo e l'ho girata.

La sua figa era all'altezza perfetta.

Ho saltato i giochi e ho spinto il mio cazzo contro di lei.

Le ho sfondato la figa in tempo con la musica.

Voleva che sapessero che era stata fottuta.

Gloria sussultava e gemeva a ogni spinta.

"Gioca con la tua figa e succhia le dita, piccola," le ho detto. "Mi sto preparando a venire e voglio un po 'di piacere per gli occhi."

E mi stavo avvicinando molto al cumming e nessuna quantità di gioco fantasioso o di pensare al rapporto che dovevo consegnare in un'ora lo avrebbe ritardato ulteriormente.

"Stai prendendo la pillola, Gloria?" Chiesi, costringendomi a rallentare un po '.

Lei scosse la testa.

"No," mormorò.

"Ma vuoi che entri dentro di te, giusto?" Ho chiesto.

Scosse la testa, ma non è quello che ha detto.

"Sì," sibilò.

È venuto fuori come nient'altro che un sussurro.

"Allora dimmi," ho insistito. "Dimmi dove vuoi. Dimmi cosa vuoi, sporco ladro."

"Lo voglio nella mia figa ... voglio che tu venga dentro di me."

Le sue mani mi hanno afferrato il sedere e mi hanno spinto forte dentro di lei.

"Ti avevo detto di smetterla di giocare con quella fica?" Ho chiesto.

Scosse la testa e abbassò di nuovo le mani sull'inguine, riprendendo il vecchio cerchio attorno al clitoride.

"Più veloce," ho chiesto e con un sussulto, lei obbedì obbedientemente.

Il mio ritmo aumentò.

Dannazione, mi stavo avvicinando ed era così fottutamente bella.

E la quantità di controllo che aveva su di lei rendeva la situazione ancora più calda di lei.

Era la mia segretaria, la mia ultima segretaria.

Le calze, il braccialetto alla caviglia, l'anello della punta, l'anello dell'ombelico, le unghie lunghe e i capelli scuri platino erano tutti per me.

Avrebbe dovuto essere abbastanza per qualsiasi uomo, eppure lui voleva di più.

"Voglio che tu vada in clinica dopo questo e prenda una ricetta per la pillola, okay?" L'ho presa per i capezzoli e l'ho tirata.

"Sì," ansimò.

"Se quello?" Ho chiesto.

"Sì, mmm. Sig. Anderson."

"Hanno bisogno di un esame per questo, giusto, Gloria?" Disse.

Oh sì, lo sperma stava aumentando ora.

Sarebbe stato presto.

"Sì, signor Anderson."

"Voglio che tu ci vada quando ho finito di scoparti, capito?"

"Uhhmm, sissignore, signor Anderson."

Le sue lunghe gambe si avvolsero intorno alla mia vita, tirandomi verso di lei a ogni spinta.

La sua figa mi ha stretto forte.

"Cosa penseranno di te che ti presenti con un sacco di sperma, eh Gloria? E faresti meglio a non metterti in mezzo a meno che tu non voglia bagnare il posto," le ho detto.

Potevo sentire gli spasmi delle palle.

Non riuscivo più a trattenermi, era in lei o in lei.

"Uffa. Vado a prendere ... dove lo vuoi? Dove lo vuoi?"

Aveva gli occhi chiusi e il viso contorto dalla passione.

"Su di me! Su di me! Oh Dio! Oh Dio! Sborra sulla mia figa! Sbrigati ... cazzo, cazzo vado anch'io!" gemette.

Gesù, era rumorosa.

Le ho coperto la bocca con la mano mentre continuavo a scoparla, pompando schizzi dopo schizzi di sperma nella sua figa stretta.

L'ho scopata più forte che ho potuto, gettando i fogli dalla scrivania sul pavimento.

Gloria sussultò sotto di me come un bronco, sollevando il sedere dalla scrivania, mentre teneva la mia forte presa tra le sue cosce forti.

Mi sentivo debole quando ho finito, ma c'era ancora molto da fare.

Quando sono uscito da lei, ho messo la sua mano sulla sua figa.

"Sopporta tutto," ho ordinato.

Poi l'ho aiutata a mettersi le mutandine.

Quando ha mosso la mano, il mio sperma gocciolava, macchiandogli l'inguine.

"Non mi costringerai seriamente a farlo, vero?" lei chiese.

"Oh sì," ho detto. "Lo farai. E poi mi racconterai tutto di questo stasera."

"Stasera?"

"Sì," dissi e la baciai. "Stasera quando ti scoperò di nuovo."

"Per favore," implorò. "Non costringermi a fare questo ... lo scopriranno ... e lo diffonderanno. Oh, Dio, vedranno tutto. Cosa penseranno?" Abbassò lo sguardo a terra, rifiutandosi di guardarmi.

"Penseranno che hai appena avuto il cazzo della tua vita."

"M-ma cosa devo dire?"

Le sollevai il mento, costringendola a guardarmi negli occhi.

"Dirà: Sì, signore, signor Anderson."

Si morse un labbro tremante.

I suoi grandi occhi verdi erano spalancati come piattini.

"Sì, signore, signor Anderson."

"Inoltre, sono sicuro che penserai a 'qualcosa' da dire al dottore o all'infermiera. Di 'loro che sei caduto e sei atterrato sul cazzo del tuo capo mentre andavamo a pranzo", gli ho detto e gli ho dato una pacca sul sedere mentre camminavo. docilmente fuori dalla porta.

Oh sì, essere un capo ha i suoi privilegi.

FINE

SITUAZIONE INATTESA
ERIKA SANDERS

43

Capitolo I

"Ti aspetterò nella stanza, indosserò qualcosa di rivelatore", aveva detto John.

Lo trattavano come cibo da asporto, pensò Gina al termine della chiamata.

Ed è così che si sentiva ora, mentre applicava il suo trucco allo specchio del comò: occhi ombrati, labbra rosse a forma di cuore e abbastanza trucco sul viso per non farla sembrare una figura da museo delle cere.

Qualcos'altro che vuoi nel tuo ordine, tesoro?

Soddisfatta del suo lavoro, attraversò a piedi nudi il tappeto della camera da letto, indossò solo reggiseno e mutandine e aprì l'armadio.

Da uno scaffale sopra dove erano i suoi vestiti, prese una piccola scatola di soldi e la portò sul suo letto.

Quando l'aprì, molte dieci e venti banconote caddero sui fogli di seta.

Gina ne contò quattro su venti e tenne gli altri dentro la scatola.

Rimise la scatola nell'armadio, infilò i soldi nella borsa e iniziò a vestirsi.

John viveva dall'altra parte della città in una lussuosa casa a cinque camere da letto vicino al canale.

Gli ci sarebbero voluti dieci minuti per guidare lì, a seconda del traffico pomeridiano.

Era un suo cliente relativamente nuovo che aveva servito sei volte finora.

Lo odiava.

Era arrogante, maleducato e completamente pervertito.

Era di origini italiane: color pelle olivastra, naso ampio e pieno di folti capelli neri su tutto il corpo.

John amava mangiare e Gina pensava di sembrare un mix tra un gangster degli anni '40 e un maiale dal ventre piatto.

Si era vantato dei suoi legami con gli inferi criminali, ma Gina non era sicura di quanto fosse vero.

Pensava che stesse solo cercando di impressionarla.

Non riusciva a capire perché gli uomini pensassero che questo fosse attraente per le ragazze.

Gina odiava la violenza e ha spento un film al primo segno di sangue o violenza.

Ma John era decisamente in una specie di affare inaffidabile.

Aveva visto le armi a casa sua.

Aveva sentito accese telefonate durante la loro relazione sessuale che John si rifiutava di ignorare.

Parlando di soldi e droghe.

Ha trovato uomini odiosi come John: avidi, egoisti, disonesti e corrotti.

Tuttavia, aveva bisogno di troppo denaro.

La vita di Gina era piena di debiti.

Un corso universitario di studi umanistici, la mini Fiat, che ogni giorno portava al suo lavoro di segretaria, comprando vestiti, vacanze a Ibiza e un prestito che aveva preso per arredare il suo appartamento.

Stava nuotando in debito, ma le società di prestito non le avevano mai negato.

Ed era per questo che aveva lavorato come escort privata per l'anno passato.

Privato era la parola chiave.

Non aveva pubblicità online, aveva troppa paura che la sua famiglia o i suoi amici scoprissero il suo sordido segreto.

Altrimenti, faceva affidamento sul passaparola e sui suoi clienti abituali, ragazzi come John.

Il primo uomo che l'ha pagata per fare sesso con lei si chiamava Peter.

Lo incontrò in un sito di appuntamenti dopo la sua rottura con Adams, ma capì immediatamente che non era per lei.

Non era il fatto che avesse quarant'anni e quindici anni più di lei.

In realtà, questa era la ragione per cui l'aveva incontrato in primo luogo, pensando che un uomo più anziano potesse dargli quello che Adams, un ragazzo di ventiquattro anni, non poteva.

Impegno, sicurezza, nuove esperienze sessuali forse.

Semplicemente non sentiva alcun legame con Peter, e lo sapeva entro un'ora dal loro primo appuntamento, la cena per due in un ristorante indiano nella parte più bella della città.

Lei lo salutò e lo ringraziò per un pasto delizioso, pensando che sarebbe stata l'ultima volta che l'avrebbe visto.

Ma Peter era più interessato a lei di quanto avesse inizialmente pensato.

La contattò due giorni dopo con un'offerta per pagarla per il sesso.

All'inizio Gina fu sorpresa, persino offesa.

Con la sua abbronzatura profonda, i capelli biondi tinti e la propensione a rivelare abiti, sapeva di aver fatto una certa impressione attraente.

Ma questo non la renderebbe una volpe, o qualcuno che le allargherebbe le gambe al primo segno di problemi finanziari.

Certamente aveva incontrato ragazze che lo avrebbero fatto.

Ma Peter sembrava essere un ragazzo così gentile, e più Gina pensava al suo debito, cominciò a chiedersi quale danno ci fosse nell'accettare l'offerta. Ci sarebbe un vantaggio reciproco.

Peter l'avrebbe posseduta e avrebbe ottenuto i soldi di cui aveva disperatamente bisogno.

Se nessuno si fa davvero male, qual è stato il problema?

Gina era ingenua, comunque.

Non ha mai immaginato quanto potesse essere avvincente il sesso retribuito, né quanto miserabile ed economico l'avrebbe fatta sentire.

A peggiorare le cose, Peter non era il gentiluomo che aveva pensato per la prima volta.

Presto si sparse la voce che era brava nei suoi servizi e poteva essere solo perché lo diffondeva direttamente.

Accordi di ogni genere, attraverso il sito di incontri in cui aveva incontrato Peter, riempivano la sua cassetta delle lettere.

Non riusciva a credere a quanti uomini più anziani stavano cercando donne più giovani con cui fare sesso e quanti erano disposti a pagare per questo.

Era stato molto redditizio per lei e presto imparò che avrebbe potuto guadagnare più soldi se fosse stata disposta a spingere i suoi limiti un po 'di più.

Gli uomini hanno pagato di più per cose come anale, dominazione, pioggia dorata e vari tipi di giochi di ruolo.

Gina aveva investito in divise da scolaretta, lingerie sexy e fruste. Aveva mangiato tutto ciò che le era stato suggerito, e aveva messo tutti i tipi di oggetti dentro di sé e aveva persino fatto finta di allattare un uomo di cinquant'anni che indossava un pannolino.

Certo, John, con i suoi soldi, aveva goduto di tutti i servizi disponibili.

Dalle prostitute di alta classe alle pornostar e persino alle tre pagine.

Era un'ossessione al limite della dipendenza.

Sembrava che tutte le ragazze giovani e belle fossero disposte a vendere i propri attributi pur desiderandoli.

È stato tragico.

Quindi, non è stata una sorpresa, dopo aver saputo da un amico, John ha contattato Gina.

E stasera sarebbe stata la loro quinta volta insieme.

Gina controllò l'orologio e sistemò i suoi vestiti nello specchio del corridoio. "Sarà tutto finito tra un anno, ragazza", ricordò a se stessa.

'Puoi farlo.'

Quindi prese le chiavi e uscì dalla porta.

Capitolo II

Dieci minuti dopo, si fermò a Midesting Road.

Erano appena passate le dieci e mezzo e una festa in piscina in una delle altre case era in pieno svolgimento.

Attraversò le porte di ferro battuto della casa di John e parcheggiò la Fiat sulla strada.

La luce della luna splendeva sul tetto della Mercedes argentata di John quando sentì il suono dei suoi talloni scricchiolare attraverso la ghiaia e si diresse verso il lato della casa.

John gli aveva detto di entrare dall'entrata posteriore.

Stasera giocheranno un gioco di ruolo.

Starà sdraiato sul letto e lei entrerà, come una ladra, e lo sorprenderà.

John adorava mescolare le cose.

Non aveva mai incontrato un uomo così sessualmente fantasioso.

Si fermò a metà del lato della casa e guardò su e giù per il vicolo.

Era sicura che nessuno l'avrebbe vista lì, ma voleva essere sicura per ogni evenienza.

Si tirò giù le mutandine, le fece scivolare sui talloni, poi si aggiustò la gonna.

Infilò le mutandine nella borsa.

Pizzo rosso, il preferito di John.

Quindi inciampò lungo il sentiero e aprì la porta sul cortile.

Un cestino di metallo risuonò quando lo colpì accidentalmente con la punta del suo tallone affilato.

'Stupido!' Si ammonì.

La luce della cucina era accesa e la porta del patio che dava su di essa era socchiusa.

John deve averlo lasciato aperto per lei.

Gina si tirò indietro i capelli, continuò la sua camminata sensuale ed entrò in casa.

Prese l'odore di bruciato quando entrò in cucina e chiuse la porta.

Probabilmente era uno dei sigari che a John piaceva fumare.

Era un tale gangster fumatore.

La casa era silenziosa.

John la stava aspettando a letto come aveva detto.

Gina attraversò la sala da pranzo arredata con cura, tutti i mobili moderni e il legno in una tonalità rosso intenso, e uscì nel corridoio.

Guardò verso la scala a chiocciola.

"John", disse beffardo. "Sei pronto o no?"

I suoi tacchi schioccarono sui gradini lucidi mentre saliva le scale.

Quando si voltò nel corridoio, vide la porta della camera da letto di John aperta.

La luce era accesa ma non faceva ancora rumore.

Poi sentì uno scricchiolio.

'John?'

Il grasso bastardo era probabilmente seduto sul suo trono nel bagno privato.

Gina si lisciò i capelli, abbassò la scollatura ed entrò nella stanza.

Tutto sembrava fermarsi in quel momento.

L'intero corpo di Gina si bloccò.

Sdraiato sul letto, completamente nudo e guardando il soffitto, c'era John, con una pozza di sangue che gli inzuppava le lenzuola e gli tagliava la gola.

Gina urlò.

Una figura scura uscì da dietro la porta e la afferrò, avvolgendole un braccio attorno al collo e mettendosi una mano sulla bocca.

"Non fare alcun rumore o taglierò anche il tuo" disse.

Gina sentì la punta acuta e fredda di un coltello intorno al collo.

'Chi sei?' gemette lei.

"Qualcuno con cui non ti piacerebbe rovinare"

L'uomo strinse la sua presa sul collo con l'avambraccio muscoloso.

'Cosa stai facendo qui?'

"Sono venuto a trovare John".

'Per cosa?'

"Mi ha chiesto di farlo."

'Perché?' chiese l'uomo.

"Solo per vederlo."

Ha schiacciato la trachea di Gina con il braccio, facendola soffocare.

'Perché?' urlare.

"Fare sesso", Gina riuscì a chiacchierare.

Cominciò a tossire quando l'uomo allentò la pressione intorno al collo.

'Sei una prostituta?' Egli ha detto.

'Non!'

'E allora?'

"Una scorta".

"È lo stesso" disse l'uomo.

Gina non disse nulla, troppo spaventata dal fatto che l'uomo potesse spezzarle il collo o pugnalarla se lo avesse contraddetto.

"Sembra che abbiamo un problema", ha detto.

Si voltò verso il corpo senza vita di John, tenendo saldamente Gina tra il braccio e il petto.

Gina sentì che si sarebbe ammalata vedendo così tanto sangue.

"Ora sei testimone di un omicidio."

Per favore, supplicò Gina.

'Non lo dirò a nessuno. Lasciami andare.'

Capitolo III

Una risata sinistra venne dall'uomo.

"Sicuramente capisci che non sarà così facile."

La paura sparò attraverso il corpo di Gina.

Sentì che l'urina calda cominciava a gocciolare all'interno delle gambe.

Non voleva morire stanotte.

L'uomo le afferrò il braccio con la mano guantata di cuoio e la condusse in bagno.

Chiuse la porta dietro di loro e si girò a guardarla.

Gina fece un passo indietro in un angolo quando vide la sua faccia.

Non si aspettava che fosse uno dei volti più belli che avesse mai visto, ma fu la profonda cicatrice che correva lungo un lato della sua guancia a sorprenderla di più.

E il suo corpo sembrava fatto uccidere, con le spalle del campione di boxe e quello poteva spezzare il collo a metà.

Era un mostro.

La guardò su e giù con duri occhi blu.

"Chi lo sa che sei qui?"

'Nessuno! Per favore, puoi lasciarmi andare e scappare. Ti assicuro che non lo dirò alla polizia.

Si avvicinò a lei con un passo lento e predatore.

'È troppo tardi per quello. Hai già visto la mia faccia. '

'Prometto che non lo dirò. Per favore, né tu né John mi preoccupate, voglio solo andare a casa. Non voglio morire. "Gina scoppiò a piangere.

L'uomo le mise una mano guantata sulla spalla nuda e si avvicinò minacciosamente al suo viso.

Gina sentì l'aria calda dal naso che le sfiorava le guance.

"Ora, ora, ora" fece le fusa. "Perché rovinare questa bella faccia?"

Fece scorrere un lungo dito sulla guancia rigata di lacrime di Gina.

L'intero corpo di Gina si trasformò in ghiaccio quando sentì il suo tocco.

C'era qualcosa di estremamente conflittuale nell'attrazione che provava per il corpo di quest'uomo e nella paura che sentiva di essere bloccata contro il muro da qualcuno che sapeva che poteva facilmente ucciderla.

Si avvicinò e le passò la lingua ruvida sul viso, facendole sentire un brivido attraversarle la pelle.

Non si aspettava cosa sarebbe successo dopo.

La mano guantata dell'uomo scivolò sotto la gonna, le sue lunghe dita sondarono le sue labbra esposte.

"Ragazza cattiva", disse alla sua inaspettata scoperta.

"Per favore ... oh"

L'uomo si era tolto il guanto e un lungo dito carnoso era dentro di lei.

Trovò il clitoride di Gina senza problemi e lo massaggiò, creando un calore che cominciò a diffondersi dentro di lei.

Si passò la lingua sui contorni decisi del collo di Gina allo stesso tempo.

Gina si girò e vide il suo riflesso nello specchio sopra il lavandino.

E vide anche questa alta e strana bestia affondare nel suo collo come un vampiro, con la lama del coltello nella sua mano libera che lampeggiava nella luce alogena come un avvertimento.

Non osava muoversi per paura che avrebbe usato il suo punto acuto contro di lei.

L'uomo si allontanò e fece scorrere lo sguardo sul suo corpo.

C'era una profonda eccitazione in loro come se potesse vedere il suo corpo nudo attraverso i vestiti.

Le sfilò la borsa dalla spalla e la lasciò cadere sul pavimento, mentre un tubetto di rossetto e mutandine rosse si rovesciavano sulle piastrelle.

Afferrò uno dei suoi seni attraverso il suo giubbotto attillato e lo strinse delicatamente, poi passò il dito sul suo capezzolo mentre si sistemava su di esso.

Era stucco nelle sue mani.

"Che cosa hai intenzione di fare con me?" Lei chiese.

"Dato che siamo soli e abbiamo il posto pronto solo per noi, ti darò quello che quel ragazzo laggiù non ti avrà mai dato."

Oh Dio, pensò Gina. Non quello.

Sentendo la sua paura, l'uomo sorrise.

'Non preoccuparti. Una volta che mi sperimenterai nella tua figa, sarai felice che l'altro sia morto.

L'uomo aveva ragione che erano soli.

Senza vicini nelle vicinanze, qualsiasi richiesta di aiuto produrrebbe risultati infruttuosi.

Se ... se fosse d'accordo, avrebbe fatto quello che aveva detto l'uomo, sarebbe potuta uscire di casa viva.

Con tutte le altre probabilità accumulate contro di lei, quale altra scelta aveva oltre a giocare al miglior gioco di ruolo della sua vita?

Quindi prese una decisione.

Stava per fare la migliore performance della sua vita.

E se falliva, aveva un piano di backup.

"Levalo" ringhiò l'uomo, annuendo verso il giubbotto.

Gina ha fatto quello che ha detto.

Quando il giubbotto le scivolò sulla testa, scosse i capelli e fissò il suo corpo.

"Voglio che anche tu ti spogli," disse.

L'uomo emise una risata beffarda.

'Non mi dirai cosa fare. E non sono così stupido come sembra credere. Buttalo giù. ' Annuì verso la gonna di Gina.

Si sbottonò la gonna e se la lasciò cadere sulle gambe, poi gli diede un calcio con il tallone.

Era lì davanti a lui con tacchi e reggiseno e con le labbra vaginali rasate esposte all'aria fresca del bagno.

Alzò gli occhi blu circondati da mascara per lo sguardo penetrante del suo rapitore.

"Com'è dolce e bello", disse, attirando aria attraverso le sue narici. 'Girarsi.'

Gina si voltò e guardò il muro di piastrelle.

Attraverso il riflesso dello specchio, guardò mentre l'uomo si chinava e le accarezzava il cavallo mentre studiava il suo sedere.

Il grosso nodulo che vide sporgere dai pantaloni gli fece capire che era ben dotato.

La fece piegare in avanti, le afferrò i fianchi e le avvicinò il cavallo.

Il grumo duro e grasso ora premeva contro la fessura delle natiche.

La sua mano nuda le toccò il culo e la spinse in avanti, con il coltello ancora saldamente afferrato nell'altra.

Gina lo guardò mentre lo metteva sul bancone vicino al lavandino e cominciò a sbottonarsi i pantaloni.

Guardò il coltello, combattendo l'impulso di afferrarlo.

Ma sapeva di non poter essere così stupida; con le sue dimensioni, l'uomo avrebbe dominato il suo corpicino di un metro e mezzo in pochi secondi. Comunque, era allettante ... molto allettante.

I suoi pantaloni neri caddero a terra rivelando un paio di boxer, anch'essi neri, su enormi cosce muscolose.

La sua erezione salì fino all'orlo, gonfia ed enorme.

Gina deglutì il respiro che quasi le sfuggì dalla bocca.

Come ha potuto ottenere tutto ciò?

Il grosso cazzo era teso contro lo stretto tessuto dei suoi pantaloncini, desideroso di uscire.

Quando l'uomo li tirò giù, la grande testa viola cadde sulle guance di Gina.

L'arto spesso e molto velato era lungo almeno cinque pollici.

L'assassino era un Adone sessuale.

Le afferrò il fianco con la mano ancora guantata e prese il suo cazzo con l'altro, guidandola verso le labbra vaginali di Gina.

Quando sentì il caldo, morbido gallo tra le labbra, Gina rimase a bocca aperta.

E quando lo spinse dentro, le sue ginocchia quasi si piegarono.

Il pene entrò in una profondità audace, pulsando di eccitazione nella sua vagina calda e bagnata.

Colpì un'area all'interno di Gina che non era mai stata penetrata prima, e il suo clitoride traditore iniziò a pompare di eccitazione, l'umidità che si raccoglieva sulle sue labbra e sui suoi muri per accogliere questo eccitante nuovo arrivo.

L'uomo cominciò a spingere, i suoi fianchi forti furono in grado di forzare la durezza delle pareti interne di Gina con una velocità straordinaria.

È stato fantastico.

Afferrò il bordo del bancone del lavandino mentre lui continuava a penetrare nelle sue umide labbra vaginali, colpendole con le palle.

Si tolse l'altro guanto e con le sue mani sorprendentemente grandi e morbide le corse lungo la schiena e le aprì il reggiseno.

Cadde sul pavimento di piastrelle, rilasciando il seno.

Ora indossava i suoi tacchi solo quando l'enorme bestia la colpì da dietro.

Gina lo sentì tirarsi indietro, la sua figa ricevette un attimo di sollievo momentaneo.

Ma non passò molto tempo prima che il suo pene fosse di nuovo dentro di lei, ma questa volta verso il suo culo.

L'enorme cazzo del killer penetrò nelle strette pieghe dell'ano di Gina, lanciando un forte dolore verso di lei che le sparò attraverso.

Per un momento, pensò che non sarebbe stato in grado di sopportare il dolore, i suoi muscoli si strinsero per espellere questo strano oggetto, ma poi si rilassarono quando il dolore iniziò a trasformarsi in piacere.

Gina aveva già fatto sesso anale prima, ma non da un fallo grande come questo.

Il piacere che le era venuto incontro adesso non era paragonabile a quello che aveva provato prima.

Doveva ricordare a se stessa dov'era.

A casa di John viene scopato da un uomo che lo ha appena ucciso.

Il cadavere morto di John, e già alquanto freddo, giaceva a pochi metri di distanza nell'altra stanza come un'orribile effigie del suo ex sé.

Gina sapeva che non sarebbe mai stata in grado di cancellare quell'immagine dalla sua memoria, non importa quanto l'avesse disprezzata.

E cancellerebbe il suo odio per lui se potesse tornare in vita e aiutarla adesso.

Ma c'è qualcosa di strano in ciò che accade quando affronti una minaccia di morte e Gina la stava vivendo per la prima volta in questo bagno in cui era prigioniera.

Un istinto prende il sopravvento, così primordiale che non ti senti più un istinto animale.

E sai che farai di tutto per sopravvivere.

Capitolo IV

L'uomo gli batteva il culo con affondi furiosi, la saliva gli usciva dalla bocca, il suo bel viso arrossato ed eccitato.

I suoni bassi e gutturali che stava facendo avvertirono Gina che stava per venire.

Strinse forte il bordo del bancone.

Le punte delle sue dita diventarono bianche mentre si aggrappava.

"Dannazione" gemette l'uomo.

'Io sto andando a correre'.

E lo fece, e un forte sospiro uscì dalla sua bocca, chiuse gli occhi e chinò la testa indietro ...

E Gina ne ha approfittato.

Lasciò cadere il bancone e afferrò il coltello.

Con un movimento deciso e deciso del braccio, lo immerse nel collo del suo violentatore.

Saltò in piedi e premette la schiena contro il muro, le piastrelle fredde contro la schiena fradicia di sudore.

Con gli occhi spalancati per la paura e la preoccupazione, Gina vide l'uomo in piedi in una posizione statica, soffocando mentre i suoi grandi occhi la fissavano.

Il coltello sporgeva dal suo collo spesso e lucido e il sangue rosso scuro filtrava lungo il colletto del suo cappotto nero.

Il suo cazzo era ancora eretto, una scia luminosa di sperma che pendeva dalla punta.

I suoi occhi sbalorditi rimasero fissi su quelli di Gina mentre la sua bocca si apriva e il sangue si riversava sul labbro inferiore.

Riuscì a gorgogliare la parola "Puttana" prima di crollare all'indietro e schiantarsi contro la porta.

Gina lo guardò per un momento, il suo petto che si alzava e si abbassava, prima di scoppiare in una risata folle. Il suo piano aveva funzionato.

Prima volta. L'aveva visto allo specchio chiudere gli occhi mentre eiaculava, quindi era felice del fatto che avesse reso l'attacco molto più semplice.

Afferrò i suoi vestiti e si vestì rapidamente, questa volta rimettendosi le mutandine.

Afferrò la borsa e prese a calci l'attaccante con la punta acuminata del tallone. Poi gli sputò in faccia.

"È per chiamarmi puttana, figlio di puttana!"

Spinse indietro il corpo in modo da poter aprire la porta.

La parte posteriore del cranio colpì il tappeto con un tonfo mentre apriva la porta.

Camminò in punta di piedi sul corpo intriso di sangue ed entrò nella camera da letto.

Guardò il corpo di John sul letto.

Sangue sul pavimento.

Sangue a letto.

La morte ovunque guardasse.

Era troppo.

Gina corse fuori dalla stanza e scese la scala a chiocciola il più velocemente possibile con i suoi tacchi, con triangoli cremisi che macchiano il pavimento mentre camminava.

In fondo alle scale si fermò, asciugò le lacrime e controllò i suoi pensieri.

Questo stile di vita le aveva rovinato tutto.

L'aveva resa miserabile e cinica con gli uomini.

Aveva riorganizzato il morale.

E quel grasso bastardo morto era uno dei peggiori con i suoi modi corrotti e le sordide fantasie.

Era un modello nella società, ma ha diffuso e infettato tutto ciò che ha toccato con i suoi modi corrotti.

Inclusa lei.

Gli aveva fatto qualcosa che non era.

E ora l'aveva trasformata in un'assassina.

Aveva ucciso per legittima difesa e la merda che giaceva in una pozza del suo stesso sangue meritava tutto ciò che le era successo.

Ma sapeva che non avrebbe mai dimenticato.

Come l'aveva maltrattata come se non fosse altro che una puttana sporca e come il suo corpo l'aveva tradita rispondendo con piacere al tocco delle sue mani sporche e omicide.

Quante vite di altre giovani donne devono aver rovinato questi due?

E quanto soffrivano ancora quelle ragazze?

Non soffrirò più, pensò Gina.

Corse su per le scale e in camera da letto.

La vista dei due cadaveri morti le fece venire voglia di vomitare, ma inghiottì la nausea con un gomito e si avvicinò al letto.

La faccia di John era una maschera di orrore, la sua bocca era nera e aperta come un pesce, gli occhi congelati dal terrore.

Gina distolse lo sguardo e prese il braccialetto d'oro intorno al suo polso tozzo.

C'era un sottile medaglione rettangolare che fissava la catena.

Lo aprì e lesse il numero all'interno: 47689.

Ripetendo il numero sulla testa come un mantra, chiuse il medaglione e allungò una mano nella borsa.

Prese un fazzoletto e si asciugò le impronte digitali dal medaglione.

Diede a John un ultimo sguardo sprezzante prima di voltarsi e correre di sotto.

Corse lungo il corridoio finché non raggiunse lo studio di John e aprì la porta.

Scrutò la stanza finché i suoi occhi non caddero su ciò per cui era venuto.

John è al sicuro.

Si era vantato del suo contenuto in una delle visite di Gina e lei aveva chiesto di sapere cosa c'era dentro.

"Bei gioielli", aveva detto con un sorriso arrogante.

"Vale più di tutta questa casa."

Quindi toccò la catena sul suo polso e si portò il dito sulle labbra. "Shh".

Gina andò alla cassaforte sul muro e compose il numero.

La cassaforte ha cliccato per indicare che poteva essere aperta.

Aprì la porta d'acciaio e guardò dentro.

In cima a una pila di buste marroni c'era un portagioie rosso vellutato.

Gina sentì un nodo allo stomaco.

L'aprì per trovare la collana di diamanti più incredibile che avesse mai visto, con le sue pietre meravigliosamente realizzate scintillanti di effetto cinematografico.

"Vale più di tutta questa casa", sussurrò a se stessa.

Abbastanza per pagare tutti i tuoi debiti e altro ancora.

Con il cuore che le batteva nel petto, chiuse il coperchio e mise il portagioie nella borsa.

Quindi chiuse la cassaforte e si strofinò il fazzoletto sulle sue possibili tracce.

Si affrettò fuori dallo studio e percorse il corridoio fino alla porta d'ingresso, controllando che i suoi tacchi non avessero lasciato impronte incriminanti su di lei sulle sue tavole lucide.

Non tuo.

Aprì la porta di casa.

L'aria fresca e dolce le colpì le guance mentre entrava nella notte e il peso della presenza in casa le scivolò istantaneamente dalle spalle.

Finalmente libera, corse lungo la strada sterrata e saltò in macchina, gettando la borsa sul sedile del passeggero.

Lasciò cadere la testa sul volante ed emise un grido profondo e gutturale.

Esausta ed esausta, allungò una mano nella borsa e tirò fuori il telefono.

Compose il 911.

"La polizia, per favore, ho appena ucciso un uomo".

FINE